JN257074

星空の映画館

泉 ようこ

鳥影社

星空の映画館　目次

星空《ほしぞら》の映画館《えいがかん》

夕暮《ゆうぐ》れどきの町に、明かりがポツポツとともりはじめるころです。ぼくは仕事《しごと》を終《お》えて、アパートへ帰るところでした。今日は仕事が、思いのほか早くかたづいて、いい気分で歩いていると、

『星空《ほしぞら》の映画館《えいがかん》上映中《じょうえいちゅう》』

と書かれた看板《かんばん》が、電信柱《でんしんばしら》のいちばん下のほうにくくりつけられているのが目に止まりました。ぼくは首をかしげました。

(こんなところに映画館なんてあったかな。それにしても、看

板はもっと上においたほうが見えやすいけど。)

矢印《やじるし》は通《とお》りからそれた細い路地《ろじ》をしめしていました。

(ちょっと、寄《よ》ってみようか。アパートに帰ってもどうせ一人だし、明日《あす》は日曜日で朝《あさ》ねぼうできるから、たまには映画《えいが》でも見てみよう。)

ひさしぶりに映画を見ると思うと心がうきたって、鼻歌《はなうた》まじりに矢印の方向に歩きはじめました。


路地に入ると、急に明かりもまばらで、人通りもなく、暗《くら》くひっそりとしています。こんな路地の通りがあるなんて、ぼくは今まで、気づきませんでした。

(なんだかさみしいところだな。映画館《えいがかん》なんてあるのだろうか。)

星空の映画館
上映中

路地《ろじ》は曲《ま》がりくねって、おまけに上り坂《ざか》になっているのです。坂を上りきったつきあたりに、かすかに明かりが見えました。ぼくが息《いき》をはずませ近づいてみると、『星空《ほしぞら》の映画館《えいがかん》』と、入り口に小さい看板《かんばん》が出ていました。それはあきれるほどちっぽけで、古ぼけた建物《たてもの》でした。

ぼくはがっかりしました。こんな場所《ばしょ》でやっている映画なんて、どうせロクなものじゃないと、まわれ右して引きかえそうとしたそのとき、ドアがいきなり開《ひら》きました。

「いらっしゃいませ。おひさしぶりです。」

そういってあらわれたのは、白黒のぶち模様《もよう》のネコでした。その顔と模様に見おぼえがありました。

ぼくのアパートの階段《かいだん》の下に、以前《いぜん》住《す》みついていたネコです。

「やっ、お前は次郎《じろう》じゃないか。突然姿《とつぜんすがた》が見えなくなって心配《しんぱい》していたんだぞ。こんなところでいったい何をしているんだ。」

ぼくがびっくりして言うと、次郎はペコリと頭を下げました。

「その節《せつ》は、お世話になりました。」

次郎は、妙《みょう》にかしこまって言いました。

「アジの干物《ひもの》を食べさせてもらったり、ときどきとりの唐あげもごちそうしてくれましたっけね。冬の寒《さむ》い日は、箱《はこ》のなかに温《あたた》かいカイロまでおいてくれて、ほんとうに助《たす》かりました。」

ぼくは、次郎のいたときのことを思い出しました。仕事からつかれて帰ってくると、毎日、階段の下で次郎は待《ま》っていました。その次郎《じろう》が、首に金色の蝶《ちょう》ネクタイをし、毛並《けな》みも見ちがえるようにつややかになって、目の前にいるのです。

「どうぞなかにお入りください。もう、みんな集《あつ》まって、映画《えいが》がはじまるのを待《ま》っています。」

次郎は、ぼくを建物《たてもの》のなかへ招《まね》き入れてくれました。

外から想像《そうぞう》もつかないくらい、なかは立派《りっぱ》で広く、ゆかには赤いふかふかのじゅうたんがしきつめられていて、天じょうにはまばゆいシャンデリアまで、ぶら下がっていました。丸いテーブルがいくつもおかれていて、おおぜいのネコたちがすわって、くつろいだ様子《ようす》で、飲《の》み物をのんでいました。

次郎は、ぼくをあいているテーブルに案内《あんない》してくれて、自分もいっしょにすわると、さっと、手を上げました。すると、白いエプロン姿《すがた》のネコが飲《の》み物を持ってきました。

「映画《えいが》がはじまるまで、少し時間《じかん》がありますので飲《の》み物でもどうぞ。」

ぼくは、つくづくと次郎《じろう》を見ました。

「次郎、おまえ、立派《りっぱ》になったなあ。」

アパートの階段《かいだん》の下で、いつもうずくまっていた次郎と、同じネコとは思えません。ネコも変われば変わるもんだなと、ぼくが感心《かんしん》していると、

「今、ここで支配人《しはいにん》をやっています。わたしもいろいろ苦労《くろう》をしてきましたからね。」

次郎《じろう》はなにか思い出してため息《いき》をつきました。

「じつは、あなたが、あのアパートにこしてくる前、わたしにもちゃんと飼《か》い主がいました。子ネコのわたしを拾《ひろ》ってかわいがってくれました。でも、あの人におよめさんがきてから、すっかり変わりました。およめさんはネコがきらいだったのです。とうとう、わたしは部屋《へや》から追いだされました。

新しいマンションに引っこしが決まると、わたしを残し、さっさと行ってしまいました。一日分の食べ物をおいただけで。」

ぼくは、いつもさみしそうにうずくまっていた次郎の姿《すがた》を思いうかべました。

「人の心は変わってしまいます。やさしかった人に邪険《じゃけん》にされたのが悲《かな》しかったんです。」

次郎《じろう》はなみだぐんで、ため息《いき》をつくと、テーブルにすわっているおおぜいのネコたちをぐるっと指《ゆび》さしました。

「わたしだけではありません。ここに集《あつ》まっている仲間《なかま》たちもみんな捨《す》てられたり、住《す》んでいる町からおわれて、やっと、ここにたどりついたネコばかりです。」

ぼくはいきどおりをおぼえました。

「なんてはくじょうなことをするんだ。でもそういうぼくだって、お前を飼《か》うことはできなかった。ごめんよ。」

「いいえ、なんとも思ってはいませんよ。あなたはまだ若《わか》いのに、なかなかやさしい人です。わたしには、ちゃんとわかっていました。」

ぼくはくすぐったい気持《きも》ちでした。

「ネコも生きていくのはたいへんなんだなあ。」

「なんだか、しめっぽい話になってしまいました。でもね、わたしたち捨《す》てられたネコは、こうして力を合わせて暮《く》らしているのです。今は、おおぜいの仲間《なかま》がいるから、少しもさみしくないのです。」


次郎《じろう》はそう言うと、かべにかけられた大きな時計をチラリと見て、あわてて立ち上がりました。すると、ほかのネコたちもつられるように、いっせいに立ち上がったのです。

「いったいどうしたんだ。」

ぼくがおどろいてさけぶと、神妙《しんみょう》な顔で次郎がささやきました。

「これから、星空《ほしぞら》の映画《えいが》がはじまるのです。あなたに、大事《だいじ》なものをわたさなければなりませんでした。」

次郎《じろう》が手品師《てじなし》のように、手を頭の上でクルンと回すと、青い色のサングラスが出てきました。

「このサングラスをかけないと、星空の映画を見ることはできません。これは、あなたのです。」

次郎はサングラスをぼくに手わたしてくれると、もう一度、同じように手を頭の上で回して、自分のも出しました。次郎のサングラスはこい緑色《みどりいろ》でした。ほかのおおぜいのネコたちも、みんなさまざまの色のサングラスを手に持っていました。赤やオレンジ、黄色《きいろ》やむらさき。白やピンク色。うすいのからこい色までありとあらゆる色のサングラスです。

「なぜ、サングラスの色がみんなちがっているんだい。」

ぼくは不思議《ふしぎ》に思って、次郎《じろう》にそっとたずねました。次郎はもったいぶったように笑いました。

「星空《ほしぞら》には、わたしたちのことを記録《きろく》しているフィルムがあるのです。生まれてから死ぬまですべて記録されるのです。だから星空の映画館《えいがかん》は……。」

次郎が、何か言いおえないうちに、突然《とつぜん》、リンリンとベルが鳴《な》りひびきました。次郎はあわてて、裏《うら》のドアに向《む》かってかけ出しました。

「おい、待《ま》ってくれ。ぼくはどうすればいいんだ。」

次郎はふり向《む》きながらさけびました。

「あなたもぐずぐずしないで、わたしの後からついてきてください。急《いそ》がないと、ドアが閉《し》まってしまいます。」

ぼくは、大あわてでかけだしました。ぼくが外に飛《と》び出したのと、ドアがパタンと閉まったのと同時でした。ドアの外は、広い野原《のはら》でした。さわさわと気持《きも》ちのよい風がほおをなでていきます。

次郎《じろう》はサングラスをかけて、ぼくを待《ま》っていました。ぼくもさっそくサングラスをかけました。おおぜいのネコたちも、色とりどりのサングラスをかけ、身を寄《よ》せあって星空《ほしぞら》を見上げています。そしてつぎつぎに手をつないで、大きな輪《わ》を作ってゆきました。ぼくも次郎と輪《わ》の中に入っていきました。手をつないだ輪はゆっくり回りはじめました。

星空《ほしぞら》の映画館《えいがかん》
ぼくの思い出
わたしの思い出
映《うつ》してくれる
楽しい思い出　悲《かな》しい思い出
星空に映してくれる
オリオン星座《せいざ》の三ツ星《みつぼし》見つめたら
オリオン星座のスクリーンに
星空の映画がはじまるよ

歌に合わせて輪《わ》が少しずつ小さくなっていきました。

輪のまわりに、みんな花びらのように、横《よこ》たわりました。ぼくは真上《まうえ》に見えるオリオン星座《せいざ》を見つめました。ボンヤリしたものが、はっきりと見えてきました。それは見おぼえのある風景《ふうけい》でした。ぼくの生まれ育《そだ》った、小学校三年まで住《す》んだ村でした。いく人かの子どもたちが海辺《うみべ》で、小石《こいし》を投げて遊《あそ》んでいます。

「あっ、へら遊びをしている。」

丸いうすっぺらな小石を、海に向《む》かって、下手《したて》で投げると、小石は海面《かいめん》をビュンビュンと飛《と》んでゆくのです。ぼくは思わず、体を起こしました。すると、子供たちはいっせいにふり向《む》いて手招《てまね》きをしたのです。どの顔も見おぼえがありました。

「おーい、こっちへおいで、いっしょに遊《あそ》ぼうよ。」

子どものころ、いっしょに遊んだ友だちでした。ぼくはわれを忘《わす》れて立ち上がり、思いっきり空に向かってうでをのばすと、画面《がめん》の中の子どもたちも、いっせいに手をさしのべてきました。すると、ぼくの体はスルリと、画面の中にすいこまれていったのです。

気がつくと、ぼくは、子どもの姿《すがた》になっていました。子どもたちは、ぼくをワッと取り囲《かこ》むと、

「帰ってきたんだね。いっしょに遊ぼうよ。」

口々に言いませんでした。ぼくはうれしくてなりませんでした。体中がはちきれそうにはずんでいます。大急《おおいそ》ぎで、丸いうすっぺらな石をいっぱい拾《ひろ》うと、海に向《む》かって、力いっぱい投げました。小石《こいし》は、海面《かいめん》をきって、ビュンビュンおきの方まで飛《と》んで行きます。拾った石を全部投げてしまうと、子どもたちがかけ出して行きました。ぼくはあわてて追いかけました。

いつの間《ま》にか、お寺の境内《けいだい》にきていました。大きいいちょうの木の下で、おじいさんが紙しばいをやっていました。おじいさんは、子どもたちに、水あめを、一本ずつくれました。とろんとあまく、ペロペロなめて紙しばいを見ていると、子どもたちは、またどこかへ走って行くのです。

「今度はどこへ行くの。」

ぼくがたずねると、みんないっせいにふりかえると、

「天神《てんじん》さまに行くんだ。いっしょにおいで。」

みんなで、ぼくを引っぱって行きました。

鳥居《とりい》をくぐって、見上げると、急けいしゃの階段《かいだん》です。横《よこ》のわき道には、ゆるやかな階段だってあるのに、みんなは、それには目もくれず、急な階段を、平気《へいき》で登《のぼ》って行きます。ためらって登れずにいると、

「君もおいでよ。こわくなんかないよ。」

みんな手招《てまね》きするのです。ぼくはこわごわ登りはじめました。しがみついて、一段一段と登って行きましたが、上も下も、見ることができません。ブルブルとふるえながら、やっと

上にたどりつきますと、いつの間《ま》にやら、子どもたちは、もう下におりてしまっているのです。

「おーい、そこから上には行けないんだ。早く下がっておいで。」

こんどは下から、ぼくを呼《よ》ぶのです。

「だって、こわいんだもの。」

ぼくが泣《な》きべそをかいていると、突然《とつぜん》、体がフワリとうきあがりました。そして、階段《かいだん》をすべるようにおりていくのです。まるで、すべり台をすべりおりるように。ストンと下に着きましたが、まわりを見ても子どもたちの姿《すがた》はもうどこにもないのです。

「みんな、どこへ行ってしまったの。もっと、いっしょに遊《あそ》ん

でおくれよ。」

ぼくがいくら呼《よ》んでも、誰もいません。ぼくはさみしくて泣《な》きました。ふと見上げると、おおぜいのネコたちが、さっきぼくがすべりおりた天神様《てんじんさま》の急な階段《かいだん》を登《のぼ》って行くのが見えました。次郎《じろう》の姿《すがた》もありました。

「次郎、どこへ行くんだ。」

ぼくは次郎に向《む》かって大声でさけびました。次郎は、チラリと振り返ったきり、階段を、ぐんぐんと登って行きます。

階段は空にうかぶ真《ま》っ白の綿菓子《わたがし》のような雲までのびていました。ネコたちが、雲の中に、つぎつぎと消えていくのを、ぼくは、なみだをぽろぽろ流しながら見つめました。何もかもがなみだにかすんでいます。

ぼくがなみだをふいてまわりを見ると、そこはもとの野原《のはら》でした。次郎《じろう》もおおぜいのネコたちも姿《すがた》はなく、真上《まうえ》の夜空にには、いつもと変わらないオリオンの星がまたたいているばかりでした。

かっぱの村は花ざかり

村はずれに小さなお堂《どう》がありました。まわりは切り立った岩《がん》ぺきに囲《かこ》まれて、奥《おく》の岩と岩のさけ目から、たきがしぶきをあげて流れ落ちています。たきつぼは、深い緑色《みどりいろ》の水をたたえていました。

ある昼下がりのことです。おばあさんがひとり、お堂にやってきました。ひさしぶりに、小麦《こむぎ》まんじゅうを作ったので、お堂にまつられている仏さまへお供《そな》えしようと思ったのです。

あまい小豆のあんをたっぷりいれて、※かからの葉の上にのせてむしてあげた、まっ白なおまんじゅう作りのおばあさんは名人でした。

おじいさんが生きていたころ、おばあさんは、よくこのおまんじゅうを作ったものでした。でも三年前に、おじいさんがなくなって、一人暮《ぐ》らしになってから、ふっつりと作ることを止めました。山から、かからの葉を取ってきてくれる人がいなくなってしまったし、なにより、喜んでおまんじゅうを食べてくれる人がいなくなって、作るはりあいがなくなったからです。

ところが、昨日《さくじつ》、近所《きんじょ》の人が、おもいがけず、かからの葉を持ってきてくれたので、ひさしぶりにまた、おまんじゅうを作ってみたくなりました。

おまんじゅうがむしあがってくると、あまいにおいがして、おばあさんの心は、はずんできました。そして、お堂《どう》の仏さまにおまんじゅうをお供《そな》えしようと思ったのです。

おばあさんは、仏さまの前におまんじゅうをお供《そな》えすると、木魚《もくぎょ》をポクポクとたたきながら、念仏《ねんぶつ》を唱《とな》えはじめました。

午後の日ざしが、小さなお堂《どう》をふんわり包《つつ》んでいます。おばあさんのたたく木魚の音が、のどかにひびきわたっていました。

おばあさんは、ほかほかと気持《きも》ちがよくなって、なんだか眠《ねむ》くなってきました。ウトウトしていますと、近くでだれかが呼《よ》んでいる声がきこえてきました。

「おばあさん、おばあさん、起きてください。」

おばあさんが、はっと目をさまして、あたりを見まわすと、お堂のえんがわに、かっぱがいるではありませんか。ぷっくりしたほっぺに、くりんとした目の、かわいい子どものかっぱです。

「これはおどろいた。かっぱはほんとうにいるんだねえ。」

おばあさんは、目をパチパチさせてかっぱを見つめました。かっぱは、もじもじとして、仏さまの前のおまんじゅうが気になるらしく、チラチラと見ています。それに気づいて、おばあさんは、にっこりしました。

「こっちにおいで。おまんじゅうをおあがりよ。」

と手招《てまね》きしますと、かっぱは、うれしそうにそばにやってきました。

「手をだしてごらん。」

おばあさんは、かっぱの手に、おまんじゅうをのせてあげました。すると、かっぱは、のどをゴクリとならすと、おまんじゅうをまたたくまに食べてしまいました。おばあさんは、もうひとつおまんじゅうを、かっぱにあげました。

「おいしいなあ。おいしくて、ほっぺたがおちそうです。」

かっぱが、あんまりおいしそうにおまんじゅうを食べるので、おばあさんはすっかりうれしくなりました。死んだおじいさんも、やっぱりおいしそうに食べました。それを見るのがおばあさんは大好きでした。

かっぱは、おまんじゅうを食べてしまうと、ぺこりとおじぎをしました。そして、こんなことを言いました。

「ぼくの名前は、こん吉といいます。おばあさん、このおまんじゅうの作り方をぼくにも教えてください。もうすぐ、村のお祭りがあります。こんなおいしいおまんじゅうを作ったら、みんな大よろこびしますよ。」

こん吉は顔をかがやかせています。

「でもねえ、かからの葉がないとおまんじゅうは作れないよ。」

近所《きんじょ》の人からもらったかからの葉は、みんな使ってしまってもうないのです。おばあさんはどうしようかと困ってしまいました。

「かからの葉っぱなら、ぼくの村にいくらでもあります。ぼくが持ってきます。」

こん吉が、こたえたのでおばあさんはほっと安心《あんしん》しました。

「明日、うちにおいで。おまんじゅうの作り方をおしえてあげるよ。」

次の日、こん吉は、かからの葉を持って、おばあさんの家にやってきました。おばあさんは、はりきっています。おまんじゅうの作り方をていねいに教えはじめました。こん吉は、粉《こな》だらけになりながら、一生けんめいおぼえました。

「さあ、これでできあがり。これは、おまえが持っておかえり。」

おばあさんは、できたてのおまんじゅうを、こん吉に手わたしました。こん吉は大喜びです。

「これで、ぼくにもおいしいおまんじゅうが作れます。おばあさん、ありがとう。」

お礼を言って、こん吉は帰って行きました。空には、まるい月が出ていました。

あれから、いく日がすぎました。おばあさんは、こん吉がおまんじゅうを上手《じょうず》に作れたろうかと、ずっと気にかかっていました。

おばあさんが、こん吉のことを思いながら、お堂《どう》にやってきますと、えんがわに、ポツンとこん吉がすわっています。おばあさんは、うれしくて、こん吉のそばにかけよりました。

「上手《じょうず》におまんじゅうを作れたかい?」

おばあさんが、たずねると、こん吉は、コクンとうなずくと、包《つつ》みをさし出しました。

「ぼくの作ったおまんじゅうです。おばあさん、味をみてください。」

包みの中から、まっ白のおまんじゅうが出てきました。おばあさんが食べてみますと、ふんわりふくらんで、あんの味も申し分ないものでした。

「わたしの作ったおまんじゅうより、ずっとおいしいよ。」

おばあさんがほめますと、こん吉は、うれしそうにピョンピ

ヨン飛《と》びはねました。そして、おばあさんの手をとると、

「ぼくの村へ、おばあさんを招待《しょうたい》しようと思ってやってきました。今日は、村のお祭です。ぼくといっしょにきてください。」

そう言って、こん吉が、おばあさんを連れて行ったのは、おとうかんでいました。そこには、小舟《こぶね》がポツン堂《どう》の境内《けいだい》の奥《おく》にあるたきつぼでした。そこには、小舟がポツンとうかんでいました。おばあさんは、ふしぎそうにこん吉を見ました。すると、こん吉は、にっこり笑って言いました。

「ぼくの村には、この舟でないと行けません。どうぞ、乗《の》ってください。」

おばあさんは、言われるままに小舟に乗りました。こん吉は、長いさおを上手《じょうず》にあやつって、舟をこぎ出しました。そして、水しぶきをあげて落ちてくるたきにむかって、ぐんぐんと

近づいて行きました。
おばあさんは、思わず目をつむってしまいました。ところが、こん吉が、手を高くかかげると、あれほどはげしく落ちていたたきの水がピタリと止まってしまったのです。そして、目の前には大きなどうくつがあらわれました。こん吉とおばあさんを乗《の》せた小舟《こぶね》は、どうくつの中に、するすると吸いこまれていきました。

ようやく、真《ま》っ暗《くら》などうくつの先に、明るい光が見えてきたとき、おばあさんは胸《むね》がドキドキしました。かっぱの村なんて初めてです。そんな村があるなんて、こん吉にきくまで知りませんでした。

小舟《こぶね》がどうくつから出たとき、おばあさんは、目をみはり、思わず身を乗《の》り出してしまいました。

うすも色のかすみに、ほんのりとつつまれて、わらぶき屋根の小さな家が、まるできのこのように、ニョキニョキと、緑《みどり》の木々と、けむるように咲きみだれる黄色《きいろ》の花の中に見えてきたからです。いくすじもの水路《すいろ》が、えだわかれして、それぞれの家の入り口まで続いています。かっぱの村では、水路で行き来するのです。水路の両岸には、黄色の花があまい香《かお》りをふりまきながら咲きほこっています。

「ああ、これは、ミモザ※の花……。」

おばあさんは、その美しさにため息《いき》をつきました。うっとりと目を閉じると、若《わか》かったころのことが、あざやかによみがえってくるのでした。

「ああ、なんて、いい気持《きも》ちなんだろう。」

遠い昔、おばあさんは、やっぱりこんなに気持ちよく、小舟《こぶね》にゆられて行ったことがありました。おばあさんは、小舟に乗《の》って、おじいさんのところへおよめにきたのでした。

「あの時と同じだ。やっぱりミモザの花がにおっていたよ。」

こん吉は、歌をうたいながら小舟をこぎつづけています。

黄色《きいろ》の花の咲くころは
かっぱの村の
お祭りだ
ピーヒャラ、ピーヒャラ

トントントン

白い雲が晴れわたった空を、ゆっくりと、流れてゆきます。ここちよい風があまい花の香《かお》りをはこんでいきます。しばらく行くと、広い運河《うんが》に出ました。村中《むらじゅう》にはりめぐらされている水路《すいろ》がすべてここに集《あつ》まっているようです。そして、あちこちの水路から、小舟《こぶね》がつぎつぎに姿《すがた》を見せました。若《わか》い夫婦《ふうふ》づれらしいかっぱや、子どもかっぱをいっぱい乗《の》せた家族《かぞく》づれもいます。

男のかっぱは、頭にきりりとはちまきを巻《ま》き、女のかっぱは、ミモザの花で作ったかみかざりをしています。みんな色とりどりのはっぴを着ています。

「みんなこれから、お祭り広場に行くのです。一年に一度のお祭りだから、うんとおめかししていくのです。」

こん吉は、うきうきして言いました。かっぱたちは、おばあさんに手をふっています。おばあさんは、なんとも晴れやかな気持《きも》ちになりました。おばあさんの心は、子どものころに戻っていました。何を見てもめずらしく、心がはずんでくるのです。

「さあ、広場に着きましたよ。」

こん吉は舟着《ふなつ》き場に小舟《こぶね》をつけると、おばあさんの手を引いて広場の方に連れて行きました。広場の入り口は、ミモザの花でかざられたアーチがありました。それをくぐったとたん、おばあさんは、かん声をおもわずあげました。若《わか》い娘《むすめ》のかっぱが、おばあさんの頭にすばやく、ミモザのかみかざりをのせて、黄色のはっぴを着せてくれたからです。

おばあさんは、年のことも、一人ぼっちであることも忘《わす》れていました。ただもう、心がうきたって、楽しくてたまらないのです。

竹の木を組みあわせたやぐらを囲《かこ》むように、さまざまなお店《みせ》がならんでいます。色とりどりの旗《はた》が、風にたなびいています。かっぱたちは、小舟《こぶね》でつぎつぎにやってきました。

こん吉が、まっさきにおばあさんを案内《あんない》していったところは、なんと、小麦《こむぎ》まんじゅうの店でした。店の前には『花まんじゅう』などと染《そ》めぬかれたのぼりが立っていました。おまんじゅうのむしあがるあまいにおいにさそわれて、店の前には、たくさんのかっぱたちが行列《ぎょうれつ》をつくっていました。

「みなさんが食べられるように、たくさんつくっていますからね。」

若《わか》い娘《むすめ》のかっぱが、お客たちに声をかけながら、いそがしそうに働《はたら》いています。それを見ておばあさんも、おまんじゅうを作りたくてたまらなくなりました。

「わたしにも、手伝わせておくれ。」

矢もたてもたまらず、おばあさんは、さけびました。娘のかっぱは、大喜びです。おまんじゅう作りの名人のおばあさんが手伝ってくれるなんて、こんな心づよいことはありません。こん吉もはちまきをしめて、おばあさんと同じ黄色のはっぴを着て、おまんじゅうを作りはじめました。

作っても作っても、つぎつぎにかっぱたちはやってきました。

「おやおや、このおまんじゅうは、村祭りの名物《めいぶつ》になりそうだね。」

おばあさんは、こん吉と顔を見合わせて笑いました。娘《むすめ》のかっぱは、こん吉の姉さんかっぱでした。こん吉は、おばあさんから教わったおまんじゅうの作り方を姉さんかっぱにも教えてあげたのでした。

最後のおまんじゅうがむしあがったとき、もう、お日様は西の空に沈《しず》んでいました。すると、お祭り広場のちょうちんに、いっせいに明かりがともって、やぐらの上では、笛《ふえ》や太鼓《たいこ》のおはやしがはじまりました。今までざわめいていたかっぱたちは、やぐらをぐるりと囲《かこ》んでおどりはじめました。手をゆらゆらさせて、軽《かる》くステップをふんでくるくるまわっておどっています。

「ほーっ、みんなうまいもんだ。こんなおもしろいおどりははじめてだ。」

おばあさんは、感心《かんしん》して見ていましたが、いつの間《ま》にか、じぶんも手や足で調子《ちょうし》をとっています。そして、こん吉と姉さんかっぱのあとについて、おばあさんもとうとうおどりの輪《わ》の中に入っておどりはじめました。

黄色の花の咲くころは
かっぱの村の
おまつりだ
陽気《ようき》におどれ
輪になっておどれ

アラ　ドッコイ
アラ　ドッコイ

おどりの輪《わ》は、どんどん広がっていきます。不思議《ふしぎ》なことに、おばあさんはいくらおどっても、つかれるということがないのです。若《わか》い娘《むすめ》のころに戻ったように、心も体もはちきれそうにはずんでいるのです。それにしても、かっぱたちのおどりの上手《じょうず》なこと。しなやかで、かろやかで、ピョンピョン飛《と》びまわって、うかれているものもいます。おばあさんも負《ま》けてはいません。

「あま酒《ざけ》はいかがですか。」

若い娘のかっぱたちが、おどり手たちにあま酒をふるまっています。おばあさんも、あま酒をもらって、飲んでみると、あまくトロリとして、なんともおいしいのです。おばあさんはおもわず、おかわりをしました。すると、体がフワフワと、まるで雲の上にでもいるように軽《かる》くなって、眠《ねむ》くなってしまいました。おばあさんは、いつの間《ま》にか気持《きも》ちよさそうな寝息《ねいき》をたてはじめました。

こん吉は、ゆっくり小舟《こぶね》を出しました。小舟の中で、おばあさんはぐっすり眠っています。おばあさんは、夢をみていました。小舟にゆられておよめにきた娘《むすめ》は、岸で待《ま》っている花むこ姿《すがた》の若者《わかもの》をまぶしそうに見つめました。

眠っているおばあさんが、かすかにほほえみました。

レモン色の月の光が、こん吉とおばあさんをやさしく照らしています。祭りのおはやしが、だんだん遠ざかっていきました。

あれから、毎月、こん吉は、かからの葉をたくさんかかえて、おばあさんの家を訪《たず》ねるようになりました。おばあさんの住《す》んでいる村では、月に一度、広場で市がもよおされます。新せんな野菜や果物《くだもの》や、生きのいい魚が並べられ、あちこちから、おぜいの人びとがやってきてにぎわうのです。

「おばあさんの作ったおまんじゅうを、村の市で売ってみてはどうでしょう。名物《めいぶつ》になりますよ。かからの葉は、毎月、ぼくが届けますので、安心《あんしん》してください。」

こん吉のすすめに、はじめは、しぶっていた、おばあさんも、とうとう、おまんじゅうを村の市に出すことにしました。

すると、たちまち評判《ひょうばん》になりました。こん吉の持ってくる、かっぱの村のかからの葉の上にのせてむしあげたおまんじゅうは、時間《じかん》がたっても、いつまでもやわらかくふんわりとしているのです。おまんじゅうを目あてにわざわざ、やってくる人もいます。

「早く行かないと、すぐ売りきれてしまうよ。」

と、お客は先をきそって買いにきます。

村の市のある日、おばあさんは、まだ夜の明けないうちから、おまんじゅうを作りはじめます。おまんじゅう作りすることが、おばあさんの生きがいになりました。おばあさんは、ずいぶんと若返《わかがえ》ったようです。おまんじゅうは、もちろん『花まんじゅう』といいます。

※注　「かから」はサルトリイバラ（サンキライ）のことです。
わたしの生まれ育《そだ》った村ではこう呼《よ》んでました。

※注　「ミモザ」は早春に黄色の花をつける香りの良い花で、
フサアカシア、ギンヨウアカシアのことです。

一番星からの贈《おく》りもの

つとむは、日曜日の夕方がきらいでした。おもしろいアニメがテレビで放送されても、おばあちゃんが、つとむの大好きなハンバーグを作って待《ま》っていてくれてもきらいでした。なぜって、ママを駅《えき》まで見送っていかなければならないからです。ママは遠くの町で働《はたら》いているので一ヵ月に一度しか、家に帰ってこれないのです。

金曜日の夜、ママが帰ってくるのが、つとむのいちばんのたのしみでした。でも日曜日の夕方になると、ママはまた、遠くの町にもどっていってしまうのです。

その日も、電車の時間《じかん》を気にしながら、つとむはママと、駅の待合室《まちあいしつ》のいすにすわっていました。日曜日の夕方に電車に乗《の》る人なんてほとんどいません。待合室はがらんとしていました。つとむはしゃべる元気もありません。

「お休みって、あっという間《ま》にすぎてしまうわね。」

ママもさみしそうです。

(もう一度、ママが帰ってきた金曜日の夜にもどりたいなあ。)

つとむは、ママをチラリと見てため息《いき》をつきました。

「遊園地《ゆうえんち》もたのしかったわね。」

「ジェットコースターやかいぞく船にも乗れたしね。」

ママはうんうんとうなずきました。

「お天気もよかったし、おばあちゃんの作ってくれたお弁当もおいしかった。つとむはおにぎりを五つも食べたじゃないの。」

ママは思いだして、くすっと笑いました。

「そうだね。おいしかったね。」

つとむの声が急に小さくしぼんでいきました。ママはつとむの顔を、心配《しんぱい》そうにのぞきこみました。つとむが泣《な》きそうな顔をしていたからです。

「あら、つとむはまだママのおっぱいがほしいのかな？」

ママはつとむが泣きだしそうになると、こう言ってからかうのでした。つとむが赤ちゃんのころ、どんなに泣いてむずかっていても、ママのおっぱいを飲むと、ピタリと泣きやんだとママはよく話していました。

「ちがうよ、そんなんじゃないよ。泣いたりしないよ。」

つとむはまっかになって鼻《はな》をすすりあげました。

「そうね。もう三年生だもの。男の子だもの。」

ママは、つとむの背中《せなか》をポンポンとやさしくたたきました。

そして時計を見ながら立ち上がりました。つとむもつられて、
ピクンと立ち上がりました。

「じゃあね、行ってくるからね。おばあちゃんのお手伝いをしてね。」

そう言って、ママはあわてて、改札口《かいさつぐち》からホームに出て行きました。いくどもふりかえりながら、手をふっていました。

「だいじょうぶ。心配《しんぱい》しないで。」

つとむはママの背中にむかって大声でさけびました。

ママを乗《の》せた電車が行っていまうと、つとむはションボリとうなだれて歩きだしました。ママにはつよがりを言ったけれど、

ママが行ってしまうと、さみしくてたまらなくなるのです。

「男の子だもの、三年生だもの。」

つとむはママに言われたことをつぶやきながら、トボトボと歩きはじめました。

橋をわたって、土手《どて》のところまでくると、つとむは土手の道を歩きはじめました。つとむのほおにはなみだがポロポロと流れおちました。

つとむは立ちどまると、空を見あげました。夕日が山の向《む》こうに今にも沈《しず》もうとしていました。オレンジ色にそまった西の空にひときわ大きく光る星が見えました。夕焼けの空も大きな星の光もいつもよりきれいに思えました。

つとむはしばらく立ちどまって、星を見つめていました。早く家に帰ろうとかけ出した時です。うす暗《ぐら》くなった土手《どて》の行く手に、夕焼けを背にして子どもが立っていて、しきりにこっちにむかって手をふっているのです。

「あいつ、だれに手をふっているのだろう？」

つとむは、だれか後ろのほうにいるのかとふり向《む》いてみました。でもつとむのほかには、ひとかげはありません。

「へんだなあ。」

つとむは首をかしげながら、ずんずん近づいて行くと、つとむと同じ年ごろの男の子でした。目のぱちりとしたかわいい子でした。

（女の子のようなやつだな。）

男の子は、つとむに向《む》かって手をふっているのです。つとむ

が、知らん顔をして通《とお》りすぎようとすると、

「やあ、つとむくん。」

男の子は、いきなりつとむを呼《よ》びとめました。つとむはびっくりして、男の子の顔をまじまじと見ました。やっぱり見たこともない子です。

「きみはだれ？　会ったことないけど、どうしてぼくの名前を知っているの？」

つとむがたずねると、男の子はニッコリとしました。

「きみが知らなくても、ぼくはきみのことはなんでも知っているんだ。今、泣《な》いていたこともね。」

つとむはドキンとしました。そしてあわててなみだをふきました。

「泣《な》いてなんかいないよ。」

つとむは、ぶっきらぼうに言いました。

「きみ、ママを駅《えき》まで見送りに行ってたんでしょ。家族《かぞく》はママとおばあちゃんの三人でしょ。きみは小学校三年生。勉強はきらいだけど、サッカーと野球が大好きってことも知っているよ。」

つとむはビックリしてしまいました。男の子の言うとおりです。

(こいつ、たんていかな。でもどうしてぼくのことをしらべたんだろう。)

つとむは、すこしきみがわるくなりました。

「ははは、ざんねんでした。ぼくはたんていじゃないよ。」

そう言って、男の子は笑いとばしました。

(なぜ、ぼくの思っていることがわかるんだ。)

心臓《しんぞう》がギュッとつかまれたように思いました。

「そうさ、ぼくが小さいころ、ママがりこんして、パパのかわりにママが働《はたら》いているんだ。ママは遠くの町で働いているんで、一ヵ月に一度しか帰ってこれないんだ。」

つとむがやけっぱちに言うのを、男の子はニコニコしてきいていました。

「ぼく、勉強全部きらいじゃないよ。国語はちょっぴりすきさ。」

「そうだったね。きみは本を読むのが好きだったんだ。」

二人は顔を見合わせてうなずきました。

「ぼくのことなんでも知っているんだね。おどろいたよ。泣《な》いていたことはだれにもないしょだよ。」

つとむは、はずかしそうに言いました。

「だれだって、ほんとうにさみしいとき泣《な》きたくなるよ。おとなだって。きみのママだってね。」

つとむはびっくりしました。ママが泣いているところなんて一度も見たことがなかったからです。

「ママも？」

「きみのママはがまんしているのさ。ママが泣けば、きみも泣きたくなる。泣いている顔はだれにも見せたくないからね。」

「そうだね。ママもぼくもがまんのしあいっこか。」

「そうだよ。元気をだして。」

男の子はママと同じように、つとむの背をポンポンとやさしくたたきました。

やっと、つとむの顔に笑顔《えがお》がもどってきました。

「つとむくん、きみをいいところに連れていってあげよう。きっといいことがあるよ。」

「いいところってどこ？」

つとむがたずねても、男の子はニヤニヤしています。

「それはないしょ。行ってみればわかるよ。行ってみるかい？」

「行ってもいいけど、遅くなっておばあちゃんが心配《しんぱい》しないかな？」

つとむがどうしようか迷《まよ》っていますと、

「そんなに遅くならないし、おばあちゃんのことならだいじょうぶ。」

男の子は自信《じしん》ありげに言いました。

「ひとつだけ約束してほしいんだ。ぼくがいいよって言うまで目をつぶっていてほしいんだ。ぼくの手をはなしちゃだめだよ。」

男の子はつとむの手をしっかりとにぎりました。

「目をとじて。」

男の子が言うと、つとむの目がかってに閉じてしまったのです。つとむは男の子の手をギュッとにぎりかえしました。

一瞬《いっしゅん》、体がフワリとういたように感じました。体がグルグルまわりながら、らせん階段《かいだん》をすべりおりて行くようなのです。

「ワーッ、ジェットコースターよりすごいや。」

つとむがこうふんしてさけんでいます。

「こわくないだろう。でもしっかりぼくの手につかまっているんだよ。」

つとむはなにが起きているのか見たくてしかたありません。でもつとむの目はぴたりと閉じたままです。

「きみの目は開《ひら》いているのだろう。いったいどこに連れていくの？」

「行ってみればわかるよ。」

男の子はやっぱりおしえてくれません。その時どこかへピタッと着きました。すると、体がグルングルンとコマのように、回りはじめました。体がまたフワリと宙にうきあがったかとおもうと、強力《きょうりょく》なじしゃくにすいよせられるように、後ろにひっぱられて行きました。

「こ、これはなに？　遊園地《ゆうえんち》にだってこんな乗《の》り物はなないよ。」

つとむはおもわず悲鳴《ひめい》をあげました。

「ふふふ、おもしろいだろう。」

男の子はゆかいそうに笑いました。つとむの背中《せなか》が何かにピタッとくっつきました。

「着いたよ。まだ目はあけないでね。」

男の子は手をはなすと、つとむの体をくるりと回しました。

「これは、ぼくからのプレゼントだよ。」

そう言って、つとむの背中をポーンと押しました。つとむはどこかにストンと落ちたようです。

「目をあけてもいいよ。」

男の子の声が、遠くのほうから聞こえてきました。

つとむが、おそるおそる目を開《あ》けると、そこは、つとむがさっき男の子と出会った土手《どて》の道でした。つとむはあたりを見回しました。さっきとまったく同じ場所です。なにも変わったことはありません。

夕日は山の向《む》こうに沈《しず》んでしまって、わずかにオレンジ色の残った西の空に、あの星がキラキラと大きく光っていました。

「おい、きみ、どこにいるんだ。」

つとむは大声でよんでみました。男の子の姿《すがた》はどこにもありません。わけがわからずボンヤリしていましたが、だんだん、つとむははらがたってきました。

「ちぇっ、なんだい。いいところに連れて行ってくれると言ったのに、ぼくをぐるぐるつれて回っただけじゃないか。もとのままじゃないか。プレゼントがあきれるよ。」

つとむは大声でどなりました。さみしさもどこかにすっとんで、顔を真《ま》っ赤《か》にしてどなりました。

「子どもが子どもにうそをついてどうするつもりなんだ。」

さんざんどなると、おなかがすいてきました。つとむは家のほうへ、大急《おおいそ》ぎでかけ出しました。

「おばあちゃん、ただいま。」

つとむは全力で走ったので、大きく息《いき》をはずませています。

おばあちゃんは、夕ごはんのしたくをしていました。

「つとむ、おかえり。どうしたの、そんなに息をはずませて。」

おばあちゃんは、つとむをふり返りました。

「顔がよごれているよ。洗っておいで。」

つとむは、おばあちゃんに男の子のことを話そうかと迷《まよ》いましたがやめました。だって思い出すとまたはらが立ってくるからです。それにおばあちゃんは夕ごはんのしたくでいそがしそうでした。

つとむは、おばあちゃんのうしろから、そうっと料理《りょうり》をのぞきこみました。

「あれぇ？」

つとむはがっかりした声をあげました。だって、ハンバーグではなかったからです。ママを見送って帰ってくると、おばあちゃんはいつも、つとむの大好きなハンバーグを作ってくれるのです。でも今日はハンバーグではないのです。

「おばあちゃん、ハンバーグじゃないの？」

つとむがガッカリした顔をしていると、おばあちゃんは、ふしぎそうにふり返りました。

「ハンバーグは日曜日に作ってあげるよ。」

とおばあちゃんがこたえたので、つとむは目をパチクリさせました。

「今日は日曜日だよ。さっきぼく、ママを駅《えき》まで見送ってきたんだよ。」

つとむがさけぶと、おばあちゃんのほうがびっくりして、目をパチパチしています。

「つとむや、おまえ、ころんで頭を打ったんじゃないだろうね。顔もよごれているし。」

おばあちゃんは、心配《しんぱい》そうにつとむの顔を調べはじめました。

「ころんだりしてないよ。」

「熱《ねっ》でもあるのかねえ。」

とつとむのおでこに手をあててみました。

「熱《ねつ》はなさそうだけれど……。」

おばあちゃんは心配《しんぱい》そうにつとむと見つめました。

（おばあちゃんは、ぼくがママを見送って行ったこと忘《わす》れてしまったのかしら。）

つとむも、おばあちゃんのことが急に心配になりました。

「おばあちゃん、ものわすれが急にひどくなったってことはない？」

つとむが、おそるおそるたずねると、おばあちゃんは大声で笑いだしました。

「おまえは、おばあちゃんがボケたんじゃないかと心配しているのかい。こうみえてもね、つとむより、まだまだ頭はさえているよ。」

自信《じしん》たっぷりに言いました。

「だって……。」

つとむは日めくりのカレンダーをみてびっくりしました。カレンダーは金曜日のままになっているのです。毎朝《まいあさ》、つとむがカレンダーをめくるようにしているのです。一日だって忘《わす》れたことありません。つとむは大急《おおいそ》ぎでテレビをつけてみました。

テレビは金曜日の番組《ばんぐみ》をやっていました。あちこちチャンネルを変えてみても、テレビはどこも金曜日の番組です。つとむはじぶんの頭を、コンコンとたたいてみました。

「おばあちゃん、今日は何曜日なの？」

おばあちゃんはあきれたような顔をして言いました。

「金曜日じゃないの。もうすぐママが帰ってくるよ。お前は、ママが帰ってくるのを楽しみに待《ま》っていたじゃないか。」

（金曜日だって。そういえばおばあちゃんがビーフシチューをつくっている。金曜日にママが帰ってきたときもそうだった。ほんとうに、金曜日なの？）

つとむはまだ信じられません。胸《むね》がドキドキして、頭もぼうっとしています。たしかにもう一度金曜日にもどってしまったのです。

（あの男の子の言ったことはほんとうだったんだ。ぼくがいちばん願っていたことをかなえてくれたんだ。）

つとむは、ほっぺたを思いっきりつねってみました。

「いたいっ。」

夢ではなかったのです。じわじわとうれしさがこみ上げてきました。

「わあーい、わあーい。」

うれしくってつとむはとびまわりました。

「それだけ元気があればだいじょうぶだね。」

おばあちゃんもようやく安心《あんしん》したようです。

「ママがもうすぐ帰ってくるよ。つとむも手つだっておくれ。」

おばあちゃんもはりきって料理《りょうり》を作っています。

「ビーフシチューに、さけのムニエルにポテトサラダ。それにママにはワインだね。おばあちゃん。」

つとむがウィンクをして言うと、

「これはおどろいた。つとむはおばあちゃんのすることをおみとおしだね。」

おばあちゃんは目をまんまるくしています。

つとむはじっと耳をすましています。遠くの方から、カッ、カッ、カッと足音が近づいてくるのがきこえました。つとむの顔がパァッとかがやきました。ママが帰ってきたんだなとわかりました。つとむが玄関にとんで行くと

「つとむ、ただいま。」

ママが、あの金曜日と同じように、もう一度帰ってきてくれたのです。

夕食のあとつとむはママとおばあちゃんに男の子のことを話しました。二人とも熱心《ねっしん》に耳をかたむけていました。

「ふしぎねぇ。つとむがうそなんか言うわけないわ。」

ママはおどろいた顔をして言いました。

「男の子は、一番星の使いだったのかもしれないわ。きっとそうよ。一番星に願いをかけるとかなえてくれるっていうのよ。」

つとむが泣《な》きながら帰って行ったと聞いてママの目からなみだがあふれてきました。

「ごめんね。つとむがそんなにさみしい思いをしていたなんて。ママ、おうちから通《かよ》える仕事を見つけるわ。」

ママはなみだをふきながら言いました。

「ほんとう！」

つとむの目がかがやきました。

じっときいていたおばあちゃんが、ママとつとむをかわるがわる見てうなずいています。

「そうしておやり、それがつとむのいちばんのねがいだよ。」

おばあちゃんもうれしそうです。

(うそつきだなんてどなってごめんね。)

つとむは心のなかで、男の子にあやまりました。明日、一番星を見つけたら
「ありがとう。」

と言うつもりです。

〈著者紹介〉

泉ようこ（いずみ　ようこ）
1953年（昭和28年）4月3日生まれ
出身地　大分県津久見市

星空の映画館

定価（本体1200円+税）

乱丁・落丁はお取り替えします。

2015年8月18日初版第1刷印刷
2015年8月24日初版第1刷発行
著　者　泉ようこ
発行者　百瀬精一
発行所　鳥影社 (www.choeisha.com)
〒160-0023 東京都新宿区西新宿3-5-12トーカン新宿7F
電話 03(5948)6470, FAX 03(5948)6471
〒392-0012 長野県諏訪市四賀229-1(本社・ 編集室)
電話 0266(53)2903, FAX 0266(58)6771
印刷・製本　モリモト印刷・高地製本
© IZUMI Yoko 2015 printed in Japan
ISBN978-4-86265-523-3 C8093